D1379608

Este libro es un regalo para:

_____

De:

_____

Fecha:

_____

"Este es un magnífico libro
para compartir la maravilla
de la Pascua con tus pequeños".

Abad Luke Rigby O.S.B.

Imprimi Potest:

Harry Grile, CSsR

Provincial de la Provincia de Denver

Los Redentoristas

Publicado por Libros Liguori

Liguori, MO 63057-9999

Para hacer pedidos llame al 800-325-9521.

www.librosliguori.org

Library of Congress Cataloging-in-Publication Data

p ISBN 978-0-7648-2456-2

e ISBN 978-0-7648-6904-4

Libros Liguori, una corporación sin fines de lucro, es un apostolado de los

Padres y Hermanos Redentoristas. Para más información, visite Redemptorists.com.

Impreso en Estados Unidos de América

17 16 15 14 13 / 5 4 3 2 1

Primera edición

El Conejito de Pascua
El cuento de un día extraordinario

Carol Benoist y
Cathy Gilmore

Ilustraciones de
Jonathan Sundy

¡Hola!
Soy el Conejito de Pascua.

Pero no siempre fui
el Conejito de Pascua

¿Te puedo contar
mi historia?

Hace mucho tiempo,
cuando era más pequeño,
vivía con mamá, papá
y mis hermanitos…

Muchos
hermanitos.

Vivíamos en un jardín hermosísimo y teníamos abundante hierba para alimentarnos.

Allí había otros animalitos
de mi edad que eran mis amigos.
Y jugábamos juntos.

Mi mejor amigo era el ratón,
con quien jugaba a las escondidas.
Él era muy bueno para buscar,
pero yo era muy bueno para

esconderme.

Sin embargo…
yo tenía un problema.

Tenía miedo . . .

De casi todo
   y casi siempre.

Me daba miedo LA OSCURIDAD.

Me daban miedo LOS TRUENOS.

LOS RELÁMPAGOS.

LAS SOMBRAS.

LAS MULTITUDES.

Pero sobre todo,
          LOS CABALLOS.

Una vez que unos jinetes
atravesaron a galope el jardín, en
cuanto oí retumbar los cascos de
sus caballos salí disparado como
flecha.

Tuve tanto miedo ...

que hasta temblaba.
Es más, en una semana
no pude comer.

Lo único que me daba más miedo
que los *caballos*,
era la *CUEVA*, oscura y tenebrosa,
que estaba en un rincón
del jardín.

Ahí nunca entraba.

Una vez, todo lo que me daba miedo sucedió el mismo día.

Todo comenzó con unos *jinetes* que desde sus caballos

le gritaban a *una multitud*

que pasaba al lado del jardín.

Luego, vino la oscuridad…

¡a medio día!

Después hubo una tormenta estrepitosa
con truenos
y relámpagos.

Hasta el suelo tembló debajo de mis pies.

Me escondí en un rincón.

Y ahí me quedé por mucho...

mucho tiempo.

Poco después, la tormenta pasó y entraron en la cueva unas personas con antorchas.

Traían a un hombre envuelto en una manta blanca y lo pusieron sobre una piedra plana.

Luego, se fueron.

Antes de que pudiera moverme,
rodaron una enorme piedra
delante de la entrada
de la cueva, y me

quedé encerrado ahí . . .

¡a oscuras!

Ahí estuve tres días
cubriéndome con la manta de aquel hombre.

Había algo especial en él.

Al menos nos hicimos compañía.

Luego, sucedió lo más *extraordinario*.

La cueva se iluminó con una luz
tan brillante que apenas podía ver.

Aquel hombre se levantó.

La luz venía de él.

Estaba resplandeciente.

Se escuchó el *silbido* del aire
entrando en la cueva,
como si estuviera dando un respiro
profundo de un aire fresco,
el más fresco de todo el mundo.

Conforme el aire *soplaba* empujando con
fuerza hacia afuera, la piedra rodó
¡Y la cueva quedó abierta de nuevo!

La luz era tan fuerte que su resplandor

inundó el exterior.

Mientras me movía,
avanzando poco a poquito,
aquel hombre me vio.
    Me dieron ganas de correr,

pero él se agachó,
me extendió su mano
y me sonrió.

Apenas vi sus ojos,
se me quitaron las ganas de huir.

Puse mis patitas delanteras
en sus dedos cálidos
y los olfateé.

Tan pronto me tocó,
sentí arder mi corazón.

Me levantó,
me sostuvo cerca de su corazón
y me llevó hacia afuera.

Sentí en mi pelo sus
manos cariñosas
mientras me daba unas
palmaditas y me decía
"No tengas miedo, conejito.
Yo estoy contigo."

Al oír su voz . . .

Supe que jamás volvería a tener miedo.

Ese día especial en que aquel hombre resplandeciente salió de la oscuridad se llama *Pascua*.

Y a mí desde entonces
me llamaron
Conejito de Pascua,
porque en ese
extraordinario día
él me liberó de mis miedos.

Gracias, Jesús, por la Pascua. Gracias por todo.